# LIBRI DI LAURA (L.A.)MARIANI

## <u>Italiano</u>

**Le Nove Vite di Gabrielle Serie**

Dal Diario di Gabrielle (prequela)

Un'Avventura NewYorkese

All Ricerca di Goren

Assaporando La Libertà

Paris Toujours Paris

Io Me Stessa E Noi

Libertà Su Di Me

Londra Chiama

Di Nuovo Nelle Tue Braccìa

Il Più Grande Amore

**Box Set**

Le Nove Vite di Gabrielle - Libri 1-9 + 3 BONUS

## <u>Inglese</u>

**Untamed Hearts**

The BAD Boy

The BAD Girl

**Holiday Romance**

**14 Days to Love Series: Short Sweet Steamy**

Parisian Serendipity

Venetian Whispers

Mumbay Surprise

Romeo in Rome

New York Melody

Artic Embrace

Santorini Sunsets

Havana Heat

Barcelona Dreams

Marrakesh Magic

Vienna Waltz

Sydney Sparks

Amsterdam Affair

Cape Town Safari

**Box Set**

14 Days to Love: Short Sweet Steamy

**Twelve Days of Christmas Series**

A Partridge in a Pear Tree: Hot Spicy Christmas Novella

Two Turtle Doves: Hot Spicy Christmas Novella

Three French Hens: Hot Spicy Christmas Novella

Four Calling Birds: Hot Spicy Christmas Novella

Five Golden Rings: Hot Spicy Christmas Novella

Six Geese a-Laying: Hot Spicy Christmas Novella

Seven Swans a-Swimming: Hot Spicy Christmas Novella

Eight Maids a-Milking: Hot Spicy Christmas Novella

Nine Ladies Dancing: Hot Spicy Christmas Novella

Ten Lords a-Leaping: Hot Spicy Christmas Novella

Eleven Pipers Piping: Hot Spicy Christmas Novella

Twelve Drummers Drumming: Hot Spicy Christmas Novella

**Box Set**

Twelve Days of Christmas

**Shadowbrook Paranormal Series**

A Halloween Romance: Enchanted in Shadowbrook

The Midnight Hour:A Halloween Shadowbrook Romance

**Navy Seals Hunks Series**

SEALed Hearts

SEALed with a Kiss

SEALed Undercover

SEALed Pursuit

SEALed Love Code

SEALed beyond Duty

**Box Set**

Navy SEAL Hunks

**A Royal Romance Trilogy**

A Coronation Weekend Romance

The Wicked Princess

The Lost Kingdom

**Box Set**

A Royal Romance Trilogy

**The Nine Lives of Gabrielle Series**

Gabrielle ( prequel/first in series)

Her Little Secret (spin off)

**For Three She Plays**

A New York Adventure

Searching for Goren

Tasting Freedom

**For Three She Strays**

Paris Toujours Paris

Me Myself and Us

Freedom Over Me

**For Three She Stays**

London Calling

Back in Your Arms

The Greatest Love

**Box Sets**

For Three She Plays - Book 1-3

For Three She Strays - Book 4-6

For Three She Stays - Book 7-9

The Nine Lives of Gabrielle Book 1-9 + 3 Bonus stories

ISBN: 978-1-917104-25-8

# PREMESSA

**Il suo piccolo segreto** è una novella romantica per un pubblico maturo: una storia di passione e l'intricata danza tra amore, tradimento e perdono.

**Il suo piccolo segreto** è un racconto spin-off della serie **Le Nove Vite di Gabrielle** e continua i temi del tempo e dell'effetto dell'immagine di sé sulle nostre vite.

# IL SUO PICCOLO SEGRETO

## LE NOVE VITE DI GABRIELLE

LAURA (L.A.) MARIANI

The PEOPLE ALCHEMIST

# PREFAZIONE

Il tempo scorre inesorabile: tempo passato, tempo presente, tempo futuro.

Ma questo fondamentale primario della realtà fisica non è ciò che sembra: è un'illusione ottica. I fisici ci dicono che le cose nel mondo quantistico non accadono in passi lineari. Accadono adesso. Tutttavia sei consapevole solo della realtà che scegli di osservare.

La coscienza crea il mondo materiale: il passare lineare del tempo in netto contrasto con l'attraversamento apparentemente casuale del tempo nella nostra coscienza.

Un flusso costante di coscienza.

Tutto è adesso: un flusso costante collegato da una forza all'interno di ogni persona e i ricordi sono una connessione continua a eventi, luoghi e persone e la consapevolezza modella ciò che sperimentiamo e scegliamo di vedere.

Ricordi, desideri, scelte - esistono tutti nello stesso spazio, intrecciati, collegandoci a persone e momenti e una corrente più profonda che attraversa le nostre vite.

Le scelte fatte ieri si riverberano nel qui e ora. I segreti che custodiamo e i desideri che nascondiamo si muovono nel tempo come ombre, plasmando la loro realtà.

"IL TUO PASSATO NON TI DEFINISCE<br>
A MENO CHE TU NON VIVA LÌ"<br>
-TONY ROBBINS

# INDOVINA?

## PAOLA

Il sole fatica a farsi largo tra le nuvole spesse, proiettando un debole raggio di luce sul giardino sul retro. L'aroma del caffè appena preparato permea la cucina: forte, ricco e familiare. Inspiro profondamente e assaporo il momento. Esco nel patio e una nebbiolina fresca mi inumidisce la pelle. Gli alberi circostanti sono avvolti in un bianco spettrale. Mi avvolgo stretta con la vestaglia e mi siedo per raccogliere i pensieri. Martin sta ancora dormendo. Adoro questi momenti da sola prima che inizi il trambusto della giornata, persa nei miei pensieri.

"Torna a letto; voglio essere dentro di te ancora una volta," Marco chiama, i capelli arruffati sale e pepe gli accarezzano il viso, muscoli tesi visibili sotto la sua pelle abbronzata.

"No, devo andare, devo prepararmi. Ho un aereo da prendere." Mi affretto verso il bagno e chiudo la porta dietro di me: "Per favore, non seguirmi," spero in silenzio. Marco è così virile; mi fa vacillare le ginocchia. Bastardo, è così arrogante, così sicuro di sé, che a volte vorrei schiaffeggiarlo. Mi infastidisce con i suoi modi di controllo. Eppure mi eccita così tanto che non riesco a starne lontana, volta dopo volta.

Bang bang!

"Dai Paola, dai, fammi entrare," dice attraverso la porta chiusa. "Sai quanto ti piace il mio trucchetto sotto la doccia."

Bang bang!

"Paola, smettila di fare la stronza; voglio scoparti ancora una volta prima che vai. Apri la porta, è un ordine."

Tremo al pensiero delle sue dita dentro di me, e mi odio per questo.

Clic.

"Brava. Dopotutto sei venuta per questo, una bella scopata." Marco è lì, orgoglioso nella sua nudità, completamente eretto. Mi strappa la vestaglia e mi afferra il seno.

"Ahi," i capezzoli sono ancora doloranti per la notte scorsa.

• • •

"In ginocchio. Adesso!"

"Sono di fretta... non posso..."

"Non mi frega, in ginocchio."

Frush. Un rumore in cucina mi risveglia dalle mie fantasticherie. Le mie mutandine sono bagnate. Dannazione. Ogni viaggio il ritorno è sempre più pesante.

Sip, sip

Come mi sono cacciata in questa situazione? Ogni volta lui vuole di più, più di quanto io possa dargli, e ogni volta mi sento più sporca. Tuttavia …

L'iPad sul tavolo della cucina emette una chiamata FaceTime. Gabrielle da New York. Mi saluta una mano sottile con il più enorme diamante e smeraldo sull'anulare.

"Ciccia, ti servirà un'impalcatura al polso per trasportarlo. Wow!"

Gabrielle è raggiante mentre ammira l'anello. "È un Tiffany Schlumberger vintage della collezione Faerber. Tom l'ha cercato e cercato da quando ci siamo incontrati. Se lo ricordava!" una lacrima le scende lungo la guancia, "Non è meraviglioso?"

"Scusa, ti ho svegliato?" tornando in sé. "Che stupida, certo, ti ho svegliato. Non potevo trattenermi; dovevo dirtelo."

"Ciccia, lo sai che puoi chiamarmi quando vuoi. Ho appena fatto il caffè" rispondo. "Sono così felice per te; stai benissimo."

"Cosa c'è che non va? Hai un aspetto schifoso," dice Gabrielle preoccupata.

"Grazie tante, Ciccia!"

"No... sai cosa intendo," continua, "sembra che tu abbia pianto."

"Lo sai che non faccio lacrime," rispondo velocemente. Merda, non me ne ero accorta. "Sono solo stanca, cara. Sono appena tornata da casa di mamma. Probabilmente il jet lag!"

"Jet lag da Napoli a Londra? Ridicolo!"

"Beh, forse sto solo invecchiando," cercando di cambiare l' argomento velocemente. Non voglio rovinare il suo momento. "Dimmi tutto. Dovrò fare un inchino la prossima volta che ci vediamo, Viscontessa?"

"Non ti azzardare … ancora non ci posso credere!"

"Sono così felice per te, Ciccia. Te lo meriti."

"Grazie,"lei risponde. Poi si avvicina allo schermo, strizza gli occhi e il naso, e mi guarda profondamente negli occhi, cercando risposte.

"Che cosa?" Faccio una pausa, trattenendo il respiro: "Sto bene, davvero."

"Dopo che noi siamo tornati a Londra la prossima settimana, dobbiamo fare una bella chiacchierata."

"Oh, è già 'noi', eh?"

"No, no, sì... oh stai zitta!"

"Sto scherzando, Ciccia."

"Ci sposeremo nel nuovo anno, in Irlanda. Nel suo castello. *Incroyable, non?*" È così emozionata, come una bambina a

Natale. "Tu sei la mia damigella d'onore... *Pardon*, dama d'onore."

"Non me lo perderei per tutto il mondo." E' così vicino...

Poi aggiunge: "Tom chiederà a Martin di essere il suo testimone." Sono così vicini? "Come sta Martin?" sonda, preme.

"Dormendo", rispondo.

"Sai cosa voglio dire."

"Lo so. Martin è Martin."

"Tesoro..."

"Non vedo l'ora di rivederti la prossima settimana, Ciccia."

"Anche io. A presto. Ciao."

"Ciao."

Il dolore nel mio petto aumenta quando la chiamata con Gabrielle finisce, il peso del mio segreto preme su di me con rinnovata forza. Mi appoggio al bancone della cucina, il respiro irregolare, mentre i ricordi del tempo trascorso con Marco inondano la mia mente - i nostri momenti rubati in Italia. Marco è molto simile a mio padre - più grande della vita, comanda l'attenzione e, oh, così pericoloso.

Ma è tutta una fuga temporanea dalla realtà della vita. Lo so. I miei occhi si spostano sulla mia mano sinistra, dove una semplice fede d'oro si prende gioco di me. Ricordo quando ho scambiato i voti nuziali con Martin dieci anni fa. L'uomo che ho sposato è ancora lì, sempre lo stesso: l'apparenza riservata, un dolce e premuroso gentiluomo inglese, ora marito affettuoso, padre e figlio. Martin, la mia unica costante in un mare tumultuoso.

Come ci siamo allontanati così tanto? Come mi sono allontanata così tanto?

# BASTA SOLO UN SÌ

## PAOLA

Il tintinnio dei bicchieri di vino e le chiacchiere degli avventori benestanti riempiono Savini, il ristorante una volta salotto della belle époque internazionale. Mi sistemo al mio posto, lisciandomi la gonna a tubino. I miei occhi vagano tra i tavoli coperti da tovaglie bianche finché non si posano su un volto familiare: Marco, dall'aspetto devastantemente affascinante come ai tempi dell'università.

"Paola, che sorpresa!" Marco dice, con un sorriso smagliante mentre mi saluta e mi bacia sulle guance: "Per te il tempo si è fermato. Sei Bella come sempre."

"Neanche tu sei cambiato per niente," rispondo, osservando il suo abito di sartoria impeccabile, i capelli sale e pepe e la pelle abbronzata. Lo stesso scintillio malizioso nei suoi occhi. "Vivi ancora a Napoli?"

. . .

"Sì, Napoli è casa. Stai ancora abbagliando il mondo degli affari?" chiede, osservando il mio abbigliamento aziendale. "Cosa ti porta a Milano?" continua, "Oltre al destino che vuole farci incontrare di nuovo."

Cerco di ignorare l'emozione che le sue parole suscitano in me, ma sogghigno come una ragazzina. "Solo un breve viaggio di lavoro. Riparto domani mattina."

"Perfetto, abbiamo tempo", dice, sfoggiando un sorriso smagliante. "Vieni e unisciti a me,"e indica al suo tavolo.

Ci ritroviamo davanti a un Barolo e a un risotto allo zafferano. Gli anni passati svaniscono e la nostra vecchia attrazione scintilla come elettricità. Marco è carismatico e civettuolo come ricordavo, la sua mano ora mi sfiora il braccio, così diverso dalla calma riservatezza britannica di Martin.

"Ti ho pensato in questi anni, lo sai," mi confessa Marco fissandomi con i suoi intensi occhi scuri. "Quella che è scappata."

Non è così che lo ricordo... "Marco... adesso sono sposata", e alzo la mano sinistra, la fede scintilla sotto le luci della Galleria. Ma mentre pronuncio queste parole, il desiderio si diffonde nel profondo del mio essere. La sua mano trova il mio ginocchio sotto il tavolo, facendola scivolare audace lungo la mia coscia.

. . .

"Cara, quello che succede a Milano resta a Milano," mi rassicura con un occhiolino impertinente. Dovrei fermargli la mano e tirarla via. Ma Dio mi aiuti, non voglio. Il suo tocco accende qualcosa di dormiente in me: un brivido illecito, una via di fuga. Una notte per sentirmi di nuovo viva...

E proprio così, ogni pensiero razionale mi abbandona. Apro un po' le gambe. Le dita di Marco si spostano più in alto, sfiorando il bordo di pizzo della mia biancheria intima. Sono senza fiato, dolorante, la noia del mio matrimonio sicuro e senza passione si dissolve sotto il suo tocco impudente. Questo è così sbagliato, ma così giusto.

Penso a Martin a casa a Londra; quand'è stata l'ultima volta che mi ha guardato con questa fame cruda come Marco adesso, come se non vedesse l'ora di consumarmi?

"Non pensarci troppo, Bella," dice Marco, percependo la mia esitazione. "Togliamoci la voglia che non abbiamo mai fatto. È solo un po' di divertimento tra vecchi amici. Niente di più. Nessuno deve saperlo." Le sue dita scivolano oltre le mie mutande, accarezzandomi con audacia. "Solo una volta."

Solo, solo... solo...

Un gemito sfugge dalle mie labbra, il mio corpo mi tradisce. Solo una notte. Un momento rubato fuori dal tempo. Non è amore, è solo sesso: primordiale, terapeutico, come premere un pulsante reset. Di sicuro una breve avventura non può mettere a repentaglio tutto ciò che ho costruito a casa... vero?

Solo ...

Marco salda il conto e si alza, tirandomi in piedi. "Usciamo di qui." I suoi occhi brillano di promesse, e io non ho il potere di resistere, anche se una fitta di senso di colpa mi tormenta la coscienza.

L'aria accarezza la mia pelle arrossata quando usciamo dal ristorante. Il braccio di Marco basso intorno alla mia vita, rivendicando la sua pretesa. Attesa e trepidazione nel mio stomaco in guerra con l'eccitazione tra le mie gambe mentre ferma un taxi.

Cosa sto facendo? Oh Dio, non riesco a ricordare; mi sono rasata?

Non si torna indietro adesso. Mentre mi siedo sul sedile posteriore accanto a lui, metto a tacere la voce della ragione, abbandonandomi alla sensazione e al peccato. Per una notte spericolata, voglio provare di nuovo qualcosa, anche se domattina mi vado a odiare. Il taxi sfreccia tra le strade illuminate dai lampioni, un intreccio di architettura antica e vetrine moderne. La mano di Marco si posa possessivamente sulla mia coscia, il suo pollice disegna cerchi esasperanti che mi fanno contorcere. Guardo fuori dalla finestra, evitando il suo sguardo penetrante. Se lo guardo, mi perdo. Ma lo sento, il peso del suo sguardo, che mi spoglia, mi dà fuoco.

"Paola." La sua voce è seducente quanto lui. "Guardami."

Espirando, mi giro. I suoi occhi ardenti caffè espresso vedono dritto dentro di me, rimuovendo ogni strato di correttezza. Sono affamata di passione, ne soffro, e lui lo sa.

"Ti scoperò così forte," giura rocamente, prendendomi la guancia. "Ti rovinerò per il tuo effeminato marito inglese. Vedrai, tu tornerai e mi implorerai di avere ancora."

"Non... parlare... di... Mar-t," ma non posso continuare, le sue labbra toccano le mie, non proprio un bacio, ma il suo respiro caldo si mescola al mio: auto-conservazione e decenza in lotta con bisogno puro.

"Non parlare," mi ordina. Dio, ha un buon profumo. Fresco, agrumato e dolorosamente familiare - Acqua di Gio. Martin indossa la stessa colonia, ma su Marco ha un odore diverso. Proibito. Inebriante.

Mi inumidisco le labbra, il battito mi martella in gola. "Marco, io-" Le sue dita si affondano nei miei capelli inclinando la mia testa e mi zittisce con un bacio lungo e profondo, rivendicando la mia bocca con labbra, denti e lingua. Gemo nel bacio, il mio corpo traditore si scioglie contro il suo, arrendendomi al suo dominio mentre il taxi vola attraverso la città.

# FARE E DISFARE
## PAOLA

Il tempo è passato così velocemente. Il matrimonio è questo fine settimana e ci stiamo preparando a partire. Piego la camicia abbottonata di Martin, il morbido tessuto blu fresco sotto le mie dita, e la metto con cura nella sua valigia. Le chiacchiere e le risate delle ragazze arrivano dal fondo del corridoio.

"Hai messo in valigia i vestiti delle ragazze?" chiede Martin, con voce calma, gli occhi fissi sul compito.

"Sì, sono nella borsa degli indumenti." Indico la porta, dove è appesa la borsa, da cui spuntano le gonne arricciate dei vestiti da damigella.

Lui annuisce, con un piccolo, tirato sorriso sulle labbra. "Bene. Sono così eccitate."

· · ·

"Un matrimonio in un castello nella campagna irlandese, con un vero visconte; quale bambine non ne sarebbe entusiaste?" dico, cercando di adattarmi al suo tono leggero, ma le parole sembrano vuote. Lo guardo sistemare la cravatte in valigia e non posso fare a meno di ammirare la forza silenziosa che emana. Ricordo la prima volta che ci siamo incontrati. Ero rimasta colpita dalla sua bellezza sottile, quasi sfuggente, che diventa più evidente quanto più si guarda: la mascella forte, robusta, la carnagione chiara inglese che arrossisce così rapidamente, e i capelli castano sabbia ben tagliati che catturano la luce come si muove. Gli occhiali appollaiati sul naso gli conferiscono un'aria di intelletto raffinato, ma sono i suoi occhi, quegli occhi seri grigio-blu, che mi hanno davvero affascinato. E la sua compostezza riservata e controllata di vecchi tempi. Le lunghe passeggiate, le chiacchiere infinite, il corteggiamento. Volevo così tanto che mi baciasse e ho aspettato. E poi ho aspettato ancora un po', ho aspettato e aspettato... finché non ne ho potuto più e ho fatto la prima mossa.

Non Marco, un farabutto incapace di dimostrare affetto, un pavone esigente, possessivo, che mi scopa senza pietà, mi fa implorare e poi si dimentica di me fino alla prossima volta. E sa che c'è sempre una prossima volta. I momenti rubati, il senso di colpa che mi torce lo stomaco, eppure torno indietro per averne di più, implorando.

"Questo tuo Marco," dice Gabrielle, addentando le sue pappardelle al ragù di stinco di manzo, una specialità di Trullo. "Sembra più o meno tuo padre, *non*?" Gabrielle è l'unica che conosce il mio segreto. "Beh, come lo hai descritto comunque... con tua madre," dichiara con la sua tipica franchezza francese. I suoi profondi occhi castani mi fissano, cercando una reazione. No, non mi piace dove sta andando a finire. "Mi hai detto che odiavi tuo padre e tua madre per averlo perdonato ogni volta," continua.

Oh Dio, voglio che il pavimento si apra e mi inghiottisca. "Dov'è il cameriere?" chiedo, cercando di ignorare quello che ha detto. "Abbiamo bisogno di più vino." Mi riempio la bocca con una grossa manciata di tagliarini con granchio del Dorset, limone di Amalfi e peperoncino, sperando di poter temporeggiare.

"Sì. Abbiamo bisogno di molto più vino," insiste imperterrita. "Forse ti aiuterà a parlare, a confrontare il soggetto." Quando decidemmo di incontrarci per pranzo al Trullo, un delizioso e minuscolo ristorante proprio dietro Highbury Corner su St. Paul's Road, non immaginavo che avremmo parlato di me.

"Oggi dovevano parlare di te, della tua grande avventura a New York, della tua riunione, della proposta di matrimonio... Sei appena tornata, dimmi tutto!" dico invece.

"Buon tentativo. Conosci il finale", aggiunge, alzando la mano sinistra e muovendo l'anulare con l'enorme anello di fidanzamento.

"Non riesco ancora a capacitarmi di quanto sia grande," dico.

. . .

Gabrielle sorride come una gatta che si lecca i baffi soddisfatta. "Allora?? Non rispondi?" Ancora pressante.

"Non ho sentito una domanda..." rispondo, sperando che passi via.

Gabrielle mi guarda pensierosa e dice: "Marco non ti darà mai quello che tuo padre non ha mai potuto darti".

"Paola... amore?" La voce di Martin mi riporta alla realtà, la voce di Gabrielle è ancora nelle mie orecchie.

"Eh?"

"Penso che sia tutto", dice, chiudendo la cerniera di una valigia con uno strattone deciso. Lui mi guarda, la sua espressione illeggibile. "Stai bene?"

"Sì, sì", mi affretto a rispondere. Come avrei potuto rischiare questo? Questa vita che abbiamo costruito, questa famiglia che abbiamo creato? Vorrei dire qualcosa per colmare il divario che sembra allargarsi ogni giorno che passa, ma le parole mi restano in gola. Annuisco, non fidandomi della mia voce. Chiudo la cerniera della valigia, il suono è aspro nella stanza silenziosa.

"La differenza mia cara, per me è solo sesso. Dico a Marco che vado; se è disponibile ci incontriamo; se non lo è, va comunque bene, come un 'vibratore umano' in chiamata. Nient'altro. Sa come farmi venire e fa il suo lavoro. Non vuole né ha bisogno di niente di più da me e io da lui". Solo sesso... Non significa niente... Non posso credere di aver detto questo a Gabrielle, come se non provassi nulla.

"Ragazze! È ora di andare!" Martin grida, rompendo l'incantesimo, poi afferra entrambe le valigie e si dirige verso la porta, con passi misurati e sicuri.

Lo seguo, cercando di controllare le mie emozioni crescenti. Mentre entriamo nel corridoio, abbozzo un sorriso, determinata a sopravvivere a questo weekend, in un modo o nell'altro. "Paola," mi dico, "questo weekend è di Gabri e Tom."

La mia mente va avanti e indietro sui ricordi che ho cercato così duramente di seppellire. "È vero? Sto ancora cercando la sua convalida?" Mio padre, con il suo sorriso affascinante e l'occhio vagante, sempre pronto con un complimento o un occhiolino per ogni bella donna che incontrava sul suo cammino. Mia madre, silenziosa e stoica, il suo dolore evidente nella tensione intorno agli occhi e la mascella serrata. Le lunghe notti in cui restavo sveglia, ascoltando i suoi singhiozzi soffocati, aspettando che tornasse a casa dalla sua ultima sgualdrina. Le mattine dopo, il silenzio pesante al tavolo della colazione, i sorrisi forzati e la falsa allegria. "È questo che sono diventata?" Una donna così disperatamente in cerca di amore e conferme da rischiare tutto ciò che mi sta a cuore?

· · ·

Il viaggio verso l'aeroporto è come sfocato, le chiacchiere delle nostre figlie svaniscono nel rumore di sottofondo mentre sono alle prese con il peso delle mie scelte. Martin è silenzioso, assorto nei suoi pensieri. Vorrei allungare la mano e prendere la sua, avvicinarmi, ma non riesco a colmare la distanza. All'aeroporto eseguiamo le operazioni di check-in e accompagniamo le nostre ragazze emozionate attraverso i controlli di sicurezza. Si meravigliano degli aerei e delle folle indaffarate, gli occhi spalancati per la sorpresa. Provo una fitta di nostalgia per quell'innocenza. Saliamo sull'aereo e ci sistemiamo ai nostri posti, Martin vicino al finestrino, io al centro e le nostre figlie nel corridoio. Sento il peso del mio segreto opprimermi. Lo guardo, ammirando la mascella forte e l'argento che inizia a insinuarsi tra i suoi capelli color sabbia.

So che il mio tradimento lo distruggerà. Il pensiero di perderlo, di perdere questa vita che abbiamo costruito insieme, mi riempie di terrore. L'aereo decolla. Chiudo gli occhi, cercando di calmare il respiro. "Devo trovare un modo per sistemare le cose." Ho passato tutta la mia vita determinata a costruire una vita diversa, ad essere diversa da mia madre. "Sono diventata mio padre?"

Martin si avvicina, la sua mano trova la mia, il suo tocco gentile e rassicurante. "Tutto bene, amore?" chiede, la sua voce dolce, i suoi occhi che cercano i miei.

Forzo un sorriso, stringendogli la mano. "Solo stanca," mento, le parole hanno un sapore amaro. "È stata una settimana impegnativa prepararsi per il viaggio."

• • •

Lui annuisce. "Sarà bello allontanarsi per un po'." Martin ridacchia con un suono caldo e ricco che di solito mi conforta ma che ora non fa altro che amplificare il mio senso di colpa e la mia vergogna. Merita molto meglio di questo. Molto meglio di me. Chiudo di nuovo gli occhi, cercando di bloccare i pensieri, ma arrivano comunque, non richiesti, indesiderati. Sprazzi di Marco, momenti rubati, il brivido, la passione, il dolore, le vuote conseguenze. Il ronzio dell'aeroplano ci avvolge, e mentre sono seduta qui con la mano di Martin nella mia, e la risata delle nostre figlie nelle mie orecchie, mi sento come se fossi sul filo del rasoio, in attesa dell'inevitabile caduta.

# BUGIES, BUGIES, BUGIES ...
## MARTIN


Paola mi guarda schiarendosi la voce. "Credo che allora sia tutto. Hai prenotato il taxi?"


Annuisco, senza ancora incontrare i suoi occhi. "Sarà qui a mezzogiorno."


"Bene. Ragazze, avete preparato tutto?" Paola grida. "Partiamo per l'aeroporto tra due ore!" I suoi capelli scuri cadono in onde lucenti attorno al suo viso dai toni olivastri, gli occhi lampeggiano con un'intensità a malapena contenuta mentre lei mi da un'occhiata. Risatine eccitate e passi affrettati risuonano dal fondo del corridoio.


"Sì, mamma! Quasi finito!" Paola sorride.


L'esuberanza delle ragazze è contagiosa, anche se il suo entusiasmo sembra forzato. Tra di noi si estende il silenzio.

Paola è impegnata con le etichette dei bagagli, apparentemente inconsapevole del baratro che si è aperto nel nostro matrimonio.

"Paola, tesoro? Il tuo telefonino sta vibrando…. Paola?" Lei è sotto la doccia, il suo telefono si illumina sul comodino… clicco sull'anteprima del messaggio prima di potermi fermare e do un'occhiata. Il mio cuore batte forte.

> "Sei stata brava ieri sera… sei una troietta,
> ti piace quando ti scopo forte…"

Lo shock è viscerale, la consapevolezza straziante che la donna che amo, la madre dei miei figli, mi è stata infedele. Il nome sullo schermo mi fa gelare il sangue: Marco. Il telefono cade dalla mia mano sul letto, mi gira la testa, la bile mi sale in gola. Tutti quei viaggi in Italia, quelle visite alla madre malata: come avevo potuto essere così cieco? I segnali c'erano tutti. La sua aria distratta, la sua rinnovata passione che sembrava fuori luogo…

Chiudo gli occhi per resistere all'assalto delle emozioni. Tristezza, tradimento e rabbia si riversano su di me a ondate, togliendomi il fiato. Come ha potuto farlo? A me, alla nostra famiglia? Dopo tutti questi anni…

La porta del bagno si apre e rimetto a posto il telefono in fretta, sistemando la mia espressione in una maschera neutra. Non posso affrontarla, non adesso, non con questa rabbia dentro, non con le ragazze accanto. Ho bisogno di tempo per pensare ed elaborare.

"Martin?" La voce di Paola interrompe la trance dolorosa. "La macchina arriverà presto. Dobbiamo portare le valigie di sotto."

Sussulto, deglutisco a fatica e prendo le valigie. Anche adesso, le ferite sono ancora aperte. "OK. Le porto giù adesso." La mia voce suona vuota anche a me. Paola mi guarda muovermi, la sua apparenza sicura si incrina solo per un momento. Rammarico balena sul suo viso per un momento, insieme a qualcosa di simile al desiderio. Ma subito si raddrizza le spalle e mi segue, muovendosi in un silenzio ostinato mentre la distanza tra noi aumenta.

Ricordo ancora ogni momento e dettaglio di quando la vidi per la prima volta. Era un pomeriggio caldo e soleggiato a Roma quasi dodici anni fa. Stavo partecipando a una conferenza nella Città Eterna quando l'ho vista in una piazza affollata. Stava ridendo con gli amici, i suoi capelli scuri scendevano in onde lucenti e la sua pelle olivastra brillava sotto il sole.

"Mio Dio, è meravigliosa", ero paralizzato, il mio cuore batteva come non avevo mai provato prima. Volevo solo andare da lei e rivendicarla come mia. Mi innamorai subito e pazzamente, il desiderio mi imprecava nelle vene, un'ondata di possessività sfrenata. Mi ci era voluta quasi un'ora per ricompormi abbastanza da avvicinarmi a lei. Dovevo controllarmi. Lo spettro degli abusi di mio padre e della sofferenza di mia madre mi avevano reso diffidente nei confronti delle mie stesse emozioni. Temevo l'intensità dei miei sentimenti per Paola, temevo di poter diventare in qualche modo l'uomo che disprezzavo.

"Paola ha una relazione," sbottai, "beh, sesso regolare con qualcuno, per essere precisi... è una donna molto passionale," continuai, giustificandomi. "Non sono mai stato incline a questo," bugie mi sono detto. "Tutto quello che ho sempre desiderato era una compagna e una famiglia. Lei è una madre straordinaria e una brava moglie. Abbiamo una vita fantastica: lei ha la sua carriera e io ho la mia famiglia. E non lascerei mai le mie ragazze."

"E a te va bene?" mi chiese Tom con uno sguardo incredulo.

"Non esattamente, ma ho imparato a conviverci. Lei è attenta."

"Hai imparato a conviverci?" più bugie. Mi sono allontanato dal desiderio puro e sfrenato che bramo. Che lei brama.

"Lei è una donna in carne e ossa, con i suoi difetti e i suoi fallimenti. In carne e ossa, amico mio. E tu l'hai messa su un piedistallo, l'hai idolatrata. Non puoi fare l'amore appassionato con qualcuno che hai paura di rompere; anche io lo so," avevo detto a Tom riguardo a Gabrielle. Sì, io ho proprio detto quello!

. . .

"Ho fallito di essere l'uomo di cui ha bisogno? Ho fallito me stesso?" Il pensiero si annida come una scheggia nel mio cuore. Abbiamo costruito una vita insieme, una famiglia. Ma ora le crepe si stanno vedendo, le fondamenta del nostro matrimonio stanno cedendo sotto il peso di verità non dette e desideri insoddisfatti. I miei.

Paola esce di casa, con le nostre figlie al seguito. Iniziamo il nostro viaggio, la lussureggiante campagna inglese lascia il posto alla promessa delle colline smeralde dell'Irlanda.

"Sei stata brava ieri sera..."

Quel messaggino continua a ripetersi ancora e ancora nella mia testa. "Perché non l'ho affrontata?" Ho razionalizzato la mia decisione, dicendomi che non potevo separare la nostra famiglia, che le nostre figlie hanno bisogno di entrambi i genitori e che in qualche modo avrei potuto trovare un modo per ignorare il fatto e andare avanti. Osservo Paola sistemarsi sul sedile accanto a me. Il pensiero mi tormenta mentre l'Uber attraversa la campagna. Il silenzio tra noi è denso.

La storia d'amore di Tom e Gabrielle si svolge nella mia mente...

"Amico, è pazzesco. Non puoi andare a New York e aspettare in cima all'Empire State Building senza sapere se lei si farà viva. So che New York è casa per te, ma è comunque pazzesco," io dissi. "Sono passati sei mesi senza contatti."

"Hai detto a Paola che sai di lei e il suo stallone italiano?" Tom rispose.

Le mie guance diventarono rosse. "Touché."

"Gabrielle ha tutto ciò di cui ha bisogno se vuole venire a trovarmi: biglietto aereo, prenotazione albergo. Deve solo essere sicura di volerlo ancora. Vuole ancora me, noi".

E ha vinto la sua scommessa.

Lancio un'occhiata a Paola, cogliendo le linee eleganti del suo profilo. È ancora la donna più bella che abbia mai visto, mi fa battere il cuore e male all'anima. Quando arriviamo all'aeroporto, mi preparo per il viaggio che ci aspetta.

"Questo fine settimana appartiene a Tom e Gabrielle." Il visconte Thomas Darcy Vitale Fitzwilliam II, in realtà: "Il mio problema può aspettare fino a lunedì".

La strada da percorrere sarà difficile, una battaglia, ma sono finalmente pronto a intraprenderla, a qualunque costo.

# ROSINGS PARK
## PAOLA

La maestosa casa padronale si erge davanti a noi, una bellezza georgiana in pietra calcarea incastonata tra colline verde smeraldo che si estendono all'infinito fino all'orizzonte. La proprietà ancestrale di Tom, recentemente ereditata dopo che la verità sulla sua origine nobile è venuta alla luce. Assorbo tutto: il cancello in ferro battuto decorato, le siepi ben curate che fiancheggiano il vialetto di ghiaia, la fontana di marmo che tintinna melodicamente nel cortile. È come entrare nelle pagine di un romanzo di Austen: mozzafiato, romantico, idillico: tutto ciò che Gabrielle merita per il suo matrimonio.

"Benvenuti a Rosings Park," ci saluta Tom con un ampio sorriso e un braccio avvolto intorno alla vita di Gabrielle. Lei appare radiante, a suo agio nel suo nuovo ruolo di signora del maniero.

Martin cerca la mia mano mentre saliamo i gradini di pietra calcarea, ma io invece mi libero per abbracciare Gabrielle, un sorriso stampato sul viso. "È stupendo, Gabri. È come una favola! Sono così felice per te." Le mie parole suonano perfino a me. Evito lo sguardo di Martin.

Inspiro profondamente, l'aria fresca e pulita si tinge del profumo del sale del mare vicino. Tom afferra la spalla di Martin, il suo sorriso ampio e accogliente. "Martin, Paola! Vi presento la famiglia."

Ci guida in un grande atrio, tutto marmo e dorato, dove attende un piccolo raduno. I fratelli di Tom, alti e affascinanti quanto lui, affiancano un'elegante donna anziana su una poltrona di velluto. I genitori di Gabrielle sono nelle vicinanze, lo sguardo curioso di sua madre mi penetra.

"Ragazzi, questi sono Paola, l'amica di Gabrielle, suo marito Martin e le loro adorabili ragazze, Sofia ed Emilia." Le ragazze sorridono timidamente, sopraffatte dall'ambiente opulento.

"Ah, Paola!" La nonna di Tom si alza, prendendomi le mani nella sua stretta debole. "Ho sentito tanto parlare di te. E che bella coppia formate voi due!"

Se solo lei sapesse...

"Grazie, Lady Fitzwilliam. Siamo lieti di essere qui," mormoro.

·  ·  ·

La madre di Gabrielle si avvicina, baciandomi le guance alla moda francese. "Paola, *comment vas-tu chérie?*" I suoi occhi, di un marrone scuro penetrante, così simili a quelli di Gabrielle, sembrano perforare la mia anima.

"*Très bien, Madame.*" I convenevoli scivolano via in modo naturale, anche se il mio stomaco si contorce per l'ansia. Adoro la signora Arkin. Il suo sguardo indugia sul mio viso un attimo di troppo, le sue labbra si increspano. Sente che tra me e Martin c'è qualcosa che non va, ma la discrezione le impedisce di curiosare. Almeno per ora.

"Vieni, lascia che ti mostri le tue stanze," interviene Gabrielle, salvandomi. "Devi essere esausta per il viaggio."

La seguo grata su per l'ampia scalinata mentre Martin e le ragazze vanno a esplorare. Non appena la porta si chiude, sprofondo sul lussuoso letto a baldacchino, con la testa che mi gira. L'ambiente opulento svanisce mentre la mia mente si agita. Un leggero colpo alla porta mi spaventa. "Paola? Sei decente?" La voce di Gabrielle, attutita dalla pesante porta di quercia, è piena di preoccupazione.

"Vieni," la chiamo, raddrizzando le spalle e abbozzando un sorriso.

Lei entra, i suoi capelli scuri le cadono sulle spalle. "Va tutto bene, *chérie*? Sembravi... tesa prima."

. . .

"Sto bene, sono solo stanca per il viaggio."

Gabrielle mi studia, con la testa inclinata. "Paola... voi due avete litigato?"

Il mio sorriso vacilla e distolgo lo sguardo, ricacciando indietro le lacrime improvvise. "No, no. Sto bene... non preoccuparti per me. Questo è il tuo fine settimana."

Gabrielle si avvicina, appoggiando una mano confortante sul braccio. "*Chérie*, ce la farai, ne sono sicura. Tu e Martin siete destinati a stare insieme. Chiunque può vederlo."

Annuisco, deglutendo a fatica. "Grazie Gabri." La abbraccio forte, traendo forza da lei.

Da qualche parte all'interno della casa risuona un suono che segnala l'inizio dei festeggiamenti. "Quello sarà il gong d'annuncio," dice Gabrielle, tirandosi indietro. "La mamma ha insistito per una cena formale stasera per dare il benvenuto a tutti. Ce la fai?"

"Ovviamente." Raddrizzo le spalle, determinata a fare la mia parte. "Mi rinfresco e poi vengo, fra poco."

———

Faccio un respiro profondo, cercando di calmare i nervi mentre scendo la grande scalinata. Il suono di risate e chiacchiere arriva dal basso e mi fermo un attimo, con la mano aggrappata alla ringhiera lucida. Martin sta aspettando in fondo, elegante nel suo abito su misura. Ma c'è una distanza nei suoi occhi che prima non c'era, una freddezza che mi fa venire un brivido lungo la schiena. Mi offre il braccio e io lo prendo, forzando un sorriso.

"Sei bellissima," mormora, ma le parole sembrano vuote.

"Grazie." Liscio la seta del mio vestito, sentendo il peso di tutti gli occhi su di noi mentre entriamo nella sala da pranzo.

La tavola è apparecchiata con scintillanti argento e cristalli, e i centrotavola sono un tripudio di fiori colorati. La nonna di Tom, la viscontessa vedova, presiede all tavola, il suo sguardo acuto non tralascia nulla. "Paola, mia cara," dice, facendomi cenno di avvicinarmi. "Vieni, siediti accanto a me."

Obbedisco, grata per la tregua dalla presenza di Martin.

Dall'altra parte del tavolo, la madre di Gabrielle attira la mia attenzione, con la fronte aggrottata per la preoccupazione. "Va tutto bene, *chérie*?" chiede dolcemente, il suo accento francese conferisce una cadenza musicale alle parole.

· · ·

Forzo un sorriso luminoso, sperando che raggiunga i miei occhi. "Certo, signora Arkin. Solo un po' stanca per il viaggio, tutto qui."

Lei non sembra convinta ma lascia cadere la questione, voltandosi a parlare con suo marito. Sbezzico il mio cibo.

La serata si estende all'infinito, ogni portata più sontuosa della precedente. Quando i piatti vengono sparecchiati e gli uomini si ritirano in biblioteca per brandy e sigari, sono esausta, le guance doloranti per lo sforzo di mantenere una facciata di allegra serenità.

Faccio le mie scuse e me ne vado, cercando il conforto della nostra camera da letto. Martin chiacchiera con Tom e i suoi fratelli. Le ragazze sono nella loro stanza. Mi affondo sul bordo del letto, la testa tra le mani, e finalmente lascio che le lacrime, calde e amare, mi scendano sulla pelle.

# LO SO

## MARTIN

Il telefonino si illumina al buio con un messaggio in arrivo. Paola geme e si stiracchia alzandosi lentamente dal letto.

Buz, buzzzz.

Si allunga e poi si ferma. "Dai, prendilo," dico, "prendilo," Paola sembra terrorizzata.

"Ecco," e faccio cadere il telefono sul letto, "Leggilo... Non vuoi sapere cosa sta facendo il tuo amante?"

"Cosa intendi?"

"Non ha più senso fingere," la mia voce è tremante ma stranamente calma. "So cosa hai fatto." Le parole escono e non riesco a fermarle. "Ogni volta che andavi in Italia, lo sapevo che cosa facevi. Chi facevi." Il cuore mi batte forte contro la cassa toracica. La stanza gira leggermente e io cerco una mano per tenermi in equilibrio.

"Martin, io..." La sua voce si incrina.

"Non osare negarlo," mi avvicino, la mascella dolorante. "Hai idea di quanto mi abbia ucciso dentro, Paola? Pensando a cosa stavi facendo con lui? Le immagini torturando la mente? E tu hai continuato a mentirmi in faccia, come niente fosse."

Le lacrime le scendono lungo le guance. "Mi dispiace così tanto. Non avevo mai avuto intenzione di farti del male."

"Beh, mi hai ferito, mi hai fatto a pezzi." La mia voce si alza, echeggiando tra le antiche mura, le mie mani strette a pugno lungo i fianchi, le mie spalle larghe tremanti.

Paolo allunga la mano lentamente per toccarmi il braccio, ma per la prima volta sussulto come se fossi bruciato. "No, stop!" L'avverto a denti stretti. "Sto cercando con tutte le mie forze di non perdere il controllo in questo momento..."

Non posso trasformarmi in Lui. Non lo farò.

· · ·

"Non sei per niente come lui," sussurra come se conoscesse i miei pensieri. Ma le parole suonano vuote. La risata di Gabrielle e Tom arriva dal cortile sottostante.

"Dimmi come risolvere questo problema,"lei implora. "Farò qualsiasi cosa. Ti amo, Martin."

Le lacrime mi rigano il viso, la rabbia finalmente sgorga. I muri di pietra sembrano chiudersi intorno a noi. La verità è finalmente venuta a galla. Lei sa che io lo so.

"Martin, io..." la sua voce si incrina, le parole le restano in gola. "Per favore, lasciami spiegare. È stato un errore, un errore terribile. Ero debole."

Non posso credere che l'abbia detto. "Un errore? Per te mesi trascorsi a mentire e a girare furtivamente sono un errore?" La mia mascella si stringe ancora un po'.

"So che non merito il tuo perdono, ma ti prego, Martin. Per favore, non arrenderti. Ti amo e farò tutto il necessario per sistemare le cose." Le sue parole sono troppo da sopportare. Non lo sa?

"Arrenderti? Che cazzo, Paola!" il dolore ora è intollerabile: "Ti amo, cazzo! Quei voti sull'altare io li credevo davvero... Nel bene e nel male... in salute e in malattia... finché morte non ci separi. Quei voti... quei voti erano non solo belle parole in una bella giornata." La mia voce è tesa: "Ero lì sicuro e ho promesso, sapendo che il cambiamento prima o poi avverrà e impegnandomi comunque a stare insieme... finché morte non ci separi."

La testa di Paola si alza di scatto, i suoi occhi pieni di incredulità e speranza. "Mi ami, anche dopo quello che ho fatto? Perché non hai detto niente?"

"Perché non ho detto niente? Perché?" perché non l'ho fatto? "Perché aspettavo che ti fermassi. Perché volevo che tu scegliessi me, che volessi me, noi, di più." Mi avvicino. "Sei mia, cazzo, mi appartieni." Lei indossa ancora il vestito rosso attillato. Abbasso le spalline e le afferro i seni generosi, stringendole i capezzoli. "Questi sono miei!"

Allora mi guarda, mi guarda davvero, e dalle sue labbra sfugge un lungo gemito. Tiro e stringo ancora un po' prima di girarla. Le sollevo il vestito e metto la mano tra le sue cosce morbide, tirandole la biancheria intima di pizzo. "Questa figa è mia."

"Martin," trema.

La spingo contro il letto, bloccandola con il mio corpo. Posso sentire la sua eccitazione sopra il debole odore del suo profumo. Le sussurro all'orecchio: "Sei mia, Paola. Mia, mi senti?"

"Sì, ..."

. . .

La sua biancheria intima di pizzo nero è fradicia e io la strappo prima di far scivolare le dita nel suo calore umido. "Oh, Martin," geme, inarcando la schiena e premendo i fianchi contro di me. Premo un dito nella sua apertura scivolosa, poi un altro, facendo circolare il pollice sul suo clitoride gonfio, facendola gemere e dimenarsi sotto il mio tocco. Le sue mani si aggrappano ai bordi del letto, urlando.

"Ti piace essere reclamata?" La sua risposta è un forte grido, e so che lo è. "No, no, per favore non fermarti," poi piagnucola mentre tiro fuori le dita.

"Ti scoperò tutta la notte," ringhio, e la penetro profondamente, ancora e ancora. "Di chi è questa figa?"

"Tua, t-uuuu-a…"

Le mie mani si muovono possessive su e giù per il suo corpo, afferrandole e stringendole i seni. Sento che mi sto avvicinando al limite.

"Vieni per me, tesoro." Paola urla il mio nome ancora e ancora mentre continuo a piombare la sua fregna stretta, sentendola pulsare e stringersi intorno a me. Alla fine arriva oltre il suo limite e anch'io mi lascio andare. Avrei dovuto far questo molto tempo fa.

# IL GRAN GIORNO
## PAOLA

La luce del mattino filtra attraverso le spesse tende, gettando una calda luce sulle lenzuola aggrovigliate. Le braccia di Martin sono ancora strette intorno a me, la sua presa rassicurante e protettiva. Mi rannicchio ancora di più nel suo abbraccio, non volendo lasciare questo rifugio sicuro.

"Buongiorno" sussurra baciandomi dolcemente i capelli.

Mi giro verso di lui, osservando il suo bel viso. L'uomo che ho sempre desiderato è sempre stato qui, al mio fianco. "Grazie," sussurro in risposta, con un sorriso che si allarga sulle mie labbra.

"Beh, so che sono bravo," ride, muovendo maliziosamente le sopracciglia. "Cazzo, più che bravo, incredibile..." scoppiammo entrambi a ridere. "Posso sempre fare un encore adesso, se vuoi." La sua voce è bassa e suggestiva, il suo pene eretto preme contro di me.

"Mi piacerebbe," rispondo senza fiato, il mio desiderio crescendo al suo tocco. "Ma dobbiamo prepararci per il grande giorno. Le ragazze busseranno alla porta da un momento all'altro."

Martin geme scherzosamente, sapendo che i nostri doveri richiedono che ci alziamo adesso e iniziamo a prepararci. "Sì, le damigelle sono più che entusiaste del loro ruolo. E dei loro vestitini da cerimonia." Sorride, immaginando l'eccitazione e l'entusiasmo delle nostre figlie per la cerimonia imminente. Ci districhiamo gli uni dagli altri con riluttanza e iniziamo a prepararci per la giornata che ci aspetta.

La porta della camera si apre, "Mamma, papà", irrompono Emilia e Sofia, con la voce alta e piena di eccitazione. Martin e io scoppiamo a ridere, contenti di esserci fermati quando lo abbiamo fatto.

"Prima mi faccio una doccia e poi vado ad aiutare Tom a prepararsi; porterò con me i miei vestiti."

Annuisco. "Ci vediamo più tardi."

"Ci incontreremo di nuovo all'altare, signora Rossi-Wright," aggiunge.

. . .

"Signora Wright," rispondo e annuisco sorridendo.

––––––

La grandiosa tenuta è adornata con fasce di seta bianca e composizioni di fiori profumati, tutta pronta per il matrimonio. Il profumo di gelsomino e gardenie aleggia pesantemente nell'aria, mescolandosi con i deliziosi aromi che si diffondono dall'adiacente sala delle feste. Il sole splende sui giardini ben curati, riempendo la scena in una luce calda ed eterea. Gli invitati sono tutti vestiti con i loro abiti più belli, adatti all'occasione.

Sofia ed Emilia percorrono la navata, lanciando dolcemente petali di rosa. "Sembrano così felici, sono così orgogliosa". Gabrielle cammina dietro di loro al braccio di suo padre, indossando uno splendido abito color avorio con applicazioni di pizzo e un ampio strascico. Vedo i suoi occhi brillare quando vede Tom che la aspetta all'altare, alto e bello nel suo smoking. Sono al fianco di Gabrielle come sua dama d'onore mentre Martin è accanto a Tom come suo testimone, super affascinante e elegante nel suo abito.

Il profumo dei fiori freschi riempie l'aria. Il cappellano di famiglia dà inizio alla cerimonia, con voce ferma e calda. Mentre Tom inizia per primo a recitare i suoi voti, catturo lo sguardo di Martin e lo vedo pronunciare silenziosamente le parole insieme a Tom. Mi si stringe la gola: "Nella malattia e nella salute...in ricchezza e povertà...finché morte non ci separi."

. . .

Posso sentire le lacrime riempirmi gli occhi. Non posso piangere, non posso piangere...

Mentre Gabrielle prende il suo turno, muovo le mie labbra insieme a lei: "In salute e in malattia...in ricchezza e povertà...finché morte non ci separi."

Dopo la cerimonia, il corteo nuziale si sposta al sontuoso banchetto su lunghe tavolate ornate da argenterie e bicchieri di cristallo. I servitori circolano per la stanza, riempiendo i bicchieri con i migliori vini e liquori. Dopo il pasto, l'orchestra suona un valzer vivace mentre gli sposi ballano il loro primo ballo, seguito dal tradizionale ballo padre-figlia.

"Signora Wright, posso avere questo ballo?"

"Con piacere, signor Wright."

Martin mi conduce sulla pista da ballo, le sue mani salde sul mio corpo, attirandomi a sé, reclamandomi ancora una volta, baciandomi dolcemente la fronte. Sospiro nel bacio, le mie braccia gli avvolgono il collo come se temessi che scomparisse. La mano di Martin scorre su e giù per i miei fianchi mentre mi bacia lungo la mascella, sfiorando con la lingua il mio punto sensibile.

"Martin," gemo, affondando le unghie nella sua schiena.

· · ·

Respira contro la mia pelle: "Ti amo, Paola", la sua voce è profonda di emozione e desiderio.


"Ti amo anch'io, Martin." Detto questo, reclama le mie labbra. La stanza è piena di risate e respiri pesanti, ma il suono più importante di tutti è il suono dei nostri cuori che ora battono in sincronia.

# EPILOGO

D in don... Din don... Din... Don.

La luce del sole filtra attraverso le vivaci vetrate colorate, irradiando un caleidoscopio di colori attraverso le antiche mura di pietra della chiesa. Gabrielle e Tom sono raggianti di orgoglio mentre cullano il loro prezioso fagotto, i loro volti risplendono dell'amore e della meraviglia di nuovi genitori. La Chiesa è piena e il dolce mormorio dei cari riuniti per celebrare l'occasione riempie l'aria.

Martin si avvicina al mio orecchio e sussurra: "Saremo noi... presto." La sua mano trova il leggero rigonfiamento della mia pancia, un segreto che dobbiamo ancora condividere con il mondo. Lancio un'occhiata a Martin, osservando l'atteggiamento forte e virile delle sue spalle e gli stringo la mano, il cuore pieno di amore e gratitudine. Il mio uomo. Mio marito.

. . .

Il sacerdote inizia la cerimonia. Gabrielle e Tom si avvicinano al fonte battesimale con la figlia appena nata in braccio.

Poi ci chiama avanti: "Paola, Martin, siete pronti ad aiutare i genitori di questo bambina nel loro dovere di genitori cristiani?" Snif, snif. La madre di Gabri singhiozza di gioia.

"Sì,"rispondiamo in unisono, le nostre voci forti e chiare.

"È tua volontà che Anne Shobhan Vitale Fitzwilliam venga battezzata nella fede della Chiesa, che noi tutti abbiamo professato con te?"

" Lo è."

"Anne Shobhan, io ti battezzo nel nome del Padre", dice il sacerdote versandole l'acqua sulla fronte, "e del Figlio", versando l'acqua su di lei una seconda volta, "e dello Spirito Santo".

Mentre usciamo dalla chiesa, Martin mi stringe a sé, le sue labbra mi sfiorano la tempia e la sua mano è possessivamente ferma sulla mia schiena. Alzo il viso verso il suo e ricambio il bacio. Un sorriso infantile si allarga sul suo viso. "Come ti senti, amore?" mormora, il suo respiro caldo contro il mio orecchio, e mi attira nel suo forte abbraccio, la sua mano appoggiata in modo protettivo sul dolce rigonfiamento della mia pancia. Sento un'ondata di desiderio.

. . .

"Perfetta," sussurro in risposta, appoggiandomi al suo tocco. "Tutto è assolutamente perfetto."

"Il matrimonio è la scuola dell'amore dove il cambiamento è inevitabile. Puoi scegliere se crescere insieme o separatamente.

- Fr . Mike Schmitz
(Omelia di domenica 29 ottobre 2021)

# POSTFAZIONE

L'immagine di sé è il nostro box portatile auto-limitante.

È una forza nascosta che modella le nostre relazioni, i nostri desideri e persino i tradimenti: definisce i limiti del mondo che creiamo.

Ci adattiamo costantemente ai suoi confini come termostati e quando ci allontaniamo troppo dalla nostra zona comfort, torniamo a paradigmi familiari. A volte, nella ricerca della realizzazione, tradiamo non solo gli altri ma anche noi stessi.

Stiamo davvero cercando ciò che vogliamo o illusioni che ci impediscono di raggiungere la vera intimità? Cerchiamo amanti perfetti e vite perfette evitando la stessa vulnerabilità necessaria affinché l'amore fiorisca?

Rincorrere costantemente ciò che potremmo avere o chi potremmo incontrare significa che ignoriamo ciò che esiste intorno a noi che è già incredibile. O, peggio ancora, le persone meravigliose che ci circondano.

La felicità e la realizzazione esistono già e iniziano con noi. Innanzitutto. Un giorno alla volta.

# OTTIENI IL TUO EBOOK GRATUITO

Iscriviti alla mailing list di Laura (L.A.) Mariani per una storia d'amore bollente GRATUITA.

Sarai il primo a conoscere le nuove uscite, le offerte esclusive, i contenuti bonus e tutte le novità di Laura. Puoi anche risponderle via email. Adora chiacchierare con i suoi lettori!

Per richiedere il tuo ebook gratuito:
https://laura-mariani-author.ck.page/freeshortstory

# NOTA DALL'AUTRICE

Grazie mille per aver letto **Il Suo Piccolo Segreto.**

Spero che la storia vi sia piaciuta. Una recensione sarebbe molto gradita, in quanto aiuterebbe altri lettori a scoprire la storia. O forse qualche stella, più ce ne sono, meglio è ;-) !

Ancora grazie.

*Laura xx*

**Luoghi nel libro**

Ho ambientato la storia tra luoghi reali a Londra, New York, Milano e luoghi immaginari in Irlanda.

Puoi scoprire di più su di loro o forse anche visitare:
**Londra**

- Highbury & Islington
- Trullo.

**New York**

- Empire State Building

**Milano**

- Galleria Vittorio Emanuele II
- Savini

**Bibliografia**

Ho letto molti libri come parte della mia ricerca. Alcuni di loro insieme ad altri riferimenti includono:

A Theory of Human Motivation - **Abraham Maslow**
Catholic Rites of Baptism - **Diocese of Westminster**
Psycho-Cybernetics - **Maxwell Maltz**
Self Mastery Through Conscious Autosuggestion - **Émile Coué**
The Artist Way - **Julia Cameron**.
The Complete Reader - **Neville Goddard**, compiled and edited by **David Allen**
Tools of Titans - **Tim Ferris**

# SULL'AUTRICE

Laura Alexandra (L.A.) Mariani è l'autrice di Storia d'Amore Brevi e Appassionanti | Dove i Maschi Alfa incontrano Eroine Feroci Per Finale Dolci, la tua autrice di riferimento per accattivanti storie d'amore che ti travolgeranno e ti terranno in suspense.

Quando Laura non intreccia storie d'amore, desiderio e suspense, la puoi trovare esplorando le vivaci strade di Londra, traendo ispirazione dai suoi angoli nascosti e dai vivaci mercati, o passeggiando per le affascinanti strade di Parigi, assaporando lo street food a Roma, o rilassarsi su una spiaggia baciata dal sole a Bali, i suoi viaggi alimentano la sua creatività e infondono le sue storie con voglia di viaggiare.

Puoi anche seguirla su

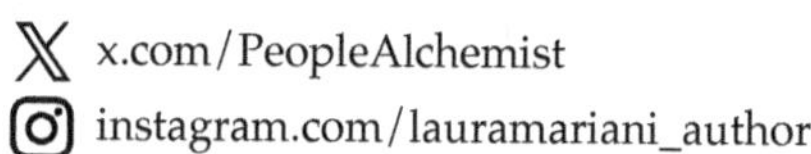

X x.com/PeopleAlchemist
instagram.com/lauramariani_author